camarade cosmique

Castor Poche
Collection animée par
François Faucher et Martine Lang

Titre original :

COSMIC COUSIN

Une production de l'Atelier du Père Castor

NANCY HAYASHI

camarade cosmique

traduit de l'anglais par
ROSE-MARIE VASSALLO

illustrations de
NANCY HAYASHI

Castor Poche Flammarion

Nancy Hayashi, l'auteur et illustratrice de ce récit, est née le 11 novembre 1939 à Bucyrus, Ohio, Etats-Unis. Elle commence des études artistiques à Cleveland et les poursuit à Los Angeles, dont elle apprécie le climat et la situation proche de l'océan et de la montagne : c'est là qu'elle s'est installée et qu'elle vit à présent avec son mari et leurs deux fils.

Ses sujets lui sont parfois inspirés d'histoires survenues à ces derniers ou à leurs amis, ou encore de souvenirs de sa propre enfance : et honteuse, elle avoue avoir elle aussi caché des livres de sa série favorite, *Le Magicien d'Oz,* sous une table de la bibliothèque municipale pour se les mettre en réserve...

R.M. Vassallo, la traductrice, reconnaît s'être bien amusée à essayer de deviner qui pouvait avoir écrit ces messages.

« Je suis sûre que bon nombre de lecteurs prendront autant de plaisir que moi à ce petit roman à énigme, frais et drôle (c'est le message que je glisserais entre les pages). Une seule chose m'inquiète un peu : pourvu que les bibliothécaires ne nous gardent pas une dent ! Après tout, ils pourraient redouter que cette histoire ne souffle de mauvaises idées à leurs lecteurs (et que répondrons-nous si les livres se volatilisent par dizaines et qu'on les retrouve cachés dans tous les coins des salles de lecture ?). Sans compter qu'ils pourraient aussi n'apprécier qu'à demi le portrait de leur collègue, l'intraitable

Mme Page. Mais bah ! Mme Page est un spécimen unique en son genre. Aucun des bibliothécaires que je connais ne lui ressemble peu ou prou. Non, tout bien réfléchi, je ne suis pas trop inquiète. »

Camarade Cosmique

Un message dans un livre de bibliothèque ! Et c'est signé : Camarade Cosmique. Intriguée, Eunice répond par un petit mot dans un autre livre. Suit un nouveau message, puis un autre encore — mais Eunice ne sait toujours pas qui est Camarade Cosmique. Quelqu'un de son école, sûrement, et quelqu'un qui partage sa passion pour la science-fiction, mais qui ? Eunice mène une enquête serrée tandis que le mystère grandit...

Pour Barbara Bottner

1

Qui, mais qui ?

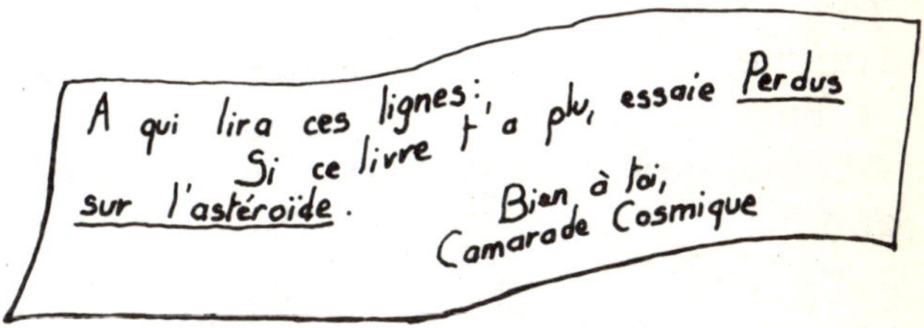

Eunice poussa un petit cri. Vautrée sur son lit, elle en était à la page 32 de *Panique à bord du vaisseau spatial,* et voilà qu'un message était glissé là, au dos d'un marque-page coincé dans la pliure.

— Alma ! Ecoute un peu, dit-elle à sa grande sœur, dans la couchette du haut.

Elle lut le billet d'une voix claire.

Alma ne réagit pas.

— Alma ! A ton avis, qui a écrit ça ? ALMA ?

Sa sœur s'arracha à son livre, *Promesse d'un soir d'été,* et grogna :

— Qui a écrit quoi ?

— Le petit mot que je viens de te lire, dit Eunice.

Et elle le relut à voix haute.

La main de sa sœur vint se balancer sous son nez comme une grosse araignée.

— Fais voir ça.

Les doigts se refermèrent sur le marque-page et le tout disparut dans les airs.

— Beuh, dit la voix au-dessus d'Eunice. *Perdus sur l'astéroïde.* Tu parles d'un titre ! Il faudrait me payer pour lire ça. Tiens, tu peux le reprendre, ton bout de papier.

Le marque-page redescendit en chute libre. Eunice le rattrapa au vol. Sa sœur avait bien tort. Ce titre était tentateur, au contraire. Elle relut le petit mot, retourna le marque-page.

— Hé ! mais c'est quelqu'un de ma classe ! Ho, Alma ? tu entends ? C'est quelqu'un de ma classe : des marque-pages comme ça, on nous en a donné à l'école, le jour de la rentrée. Je me demande qui ça peut être.

Alma s'en moquait ; elle lisait.

Eunice examina l'écriture. On aurait dit des lettres d'imprimerie. Du script, comme disait la maîtresse. C'était assez réussi.

Mais qui avait rédigé ce message ? Qui l'avait glissé dans ce livre ? C'était excitant de trouver ce petit mot de la part de quelqu'un qui se passionnait aussi pour les aventures spatiales. C'était encore plus excitant de se dire qu'on le connaissait peut-être. Oui, mais qui était-ce ? Qui ? Et comment le savoir ? Seule l'écriture fournissait un indice. Elle était très particulière.

Le lendemain, le cœur battant, Eunice inspecta le rayon de science-fiction de la bibliothèque publique, à la recherche de *Perdus sur l'astéroïde.* Elle finit par le dénicher et s'empressa de le faire enregistrer. Sitôt dehors, elle se plongea dans sa lecture, assise sur les marches de la bibliothèque. Rien qu'un chapitre, se disait-elle. Mais le premier chapitre achevé, elle entama le second. C'était toujours la même chose : une fois lancée, elle ne savait plus s'arrêter. A la maison, pour cette raison, elle se faisait gronder souvent, surtout lorsqu'elle en oubliait de mettre le couvert ou de ranger ses affaires.

Au chapitre cinq, enfin, elle se leva et se mit en marche à pas lents, ne relevant le nez de son livre que pour traverser les rues. Elle était presque chez elle lorsqu'elle tomba sur un second message.

A qui lira ces lignes :

Invasion sur Pluton est encore bien plus passionnant ! C'est même mon préféré. Je l'ai déjà lu deux fois.

Salut !

Camarade Cosmique

Eunice n'hésita pas un instant. Elle retourna droit à la bibliothèque. Là, elle feuilleta le fichier à toute vitesse, trouva le numéro recherché, se précipita vers le rayonnage.

Invasion sur Pluton n'était pas de sortie, ouf ! Elle l'avait redouté tout le long du chemin. Elle s'apprêtait à le faire enregistrer lorsqu'une idée lui vint : et s'il contenait un message, lui aussi ? Vite, elle l'ouvrit grand et se mit à le secouer.

— EUNICE BURTON ! En voilà des façons ! Tu crois que tu l'arranges, ce livre, à le secouer comme ça ? Tu vas casser sa reliure, oui !

C'était Mme Page, la bibliothécaire, dressée derrière son bureau comme si elle allait se percher dessus.

— Euh, désolée, bredouilla Eunice.

— Et puis tu ne pourrais pas retirer tous tes livres à la fois, au lieu de revenir deux fois le même jour, à une heure d'intervalle ? compléta Mme Page en remontant ses lunettes sur son nez.

Le livre enregistré, Eunice contempla sa couverture un instant et lut la première page, très vite, avant de le fourrer dans son sac à dos. *Invasion sur Pluton* n'avait pas l'air mal du tout, mais il ne contenait pas de petit mot. En tout

CHUT!

cas, rien n'était tombé lorsqu'elle l'avait secoué. Le petit jeu des messages secrets était-il déjà terminé ?

Au moment de sortir, elle jeta un coup d'œil à la ronde. Le mystérieux Camarade Cosmique était peut-être là, qui l'épiait ? Ce pouvait être n'importe quel élève de sa classe. En tout cas c'était quelqu'un qui savait choisir ses lectures.

Ce soir-là, Eunice eut du mal à se décider. Que lire en premier ? Elle pouvait finir *Perdus sur l'astéroïde*, bien sûr. Il lui restait encore quatre chapitres. Mais elle brûlait de commencer *Invasion sur Pluton*.

Pour finir, elle choisit ce dernier. Si vraiment c'était le préféré de Camarade Cosmique, elle ne pouvait pas faire erreur.

Il était vraiment passionnant — si passionnant qu'elle dut le terminer en cachette, à la lumière d'une lampe de poche, sous les couvertures. Et pourtant, ce n'était pas commode, parce que pour tourner les pages il fallait tenir la lampe entre ses dents.

Jusqu'à la toute dernière page, elle

espéra vaguement trouver un nouveau message signé Camarade Cosmique. Un mot griffonné dans la marge, peut-être, sans appuyer, au crayon de papier ?

Mais il n'y avait rien du tout. Dommage. Et Eunice s'endormit sans s'en apercevoir — en oubliant d'éteindre sa lampe.

2

Complice Galactique

A son réveil, elle étouffait un peu. Elle se retrouva sous les couvertures, l'oreille contre sa lampe de poche qui n'éclairait plus du tout. Vite, elle émergea à l'air libre et frotta son oreille meurtrie.

Il était encore très tôt. Au-dessus d'elle, dans sa couchette, Alma dormait sans bruit. Allongée sur le dos, Eunice réfléchissait. Qui donc était Camarade Cosmique ?

Pour finir, elle n'y tint plus. Elle se faufila hors du lit, gagna son bureau sous la fenêtre, ouvrit son sac à dos, en sortit sa trousse à crayons. C'était là, dans la poche secrète, qu'elle avait rangé les messages. A la lueur du lampadaire de la rue, elle les relut avec soin.

Le premier ne lui apprit rien de nouveau. Mais, lorsqu'elle relut le second, il lui vint une idée de génie. Camarade Cosmique affirmait avoir adoré *Invasion sur Pluton* au point de le lire deux fois. En ce cas, pourquoi ne pas le lire une troisième ? Parfois, lorsqu'un livre lui plaisait beaucoup, Eunice le relisait quatre ou cinq fois de suite. Le jeu en valait la chandelle : elle allait y glisser un message.

Elle mordilla son crayon et se mit au travail.

Elle relut son message, réfléchit un instant. « Complice Galactique » ? C'était un peu compliqué. Et difficile à prononcer. Mais signer « Eunice » faisait nigaud. Non, Complice Galactique conviendrait à merveille.

Elle ouvrit *Invasion sur Pluton,* y coinça son message dans la pliure, et regagna son lit.

Camarade Cosmique, salut!
Tu avais raison : moi aussi j'ai bien aimé ce livre.
As-tu lu Un après-midi chez les Extraterrestres ? Il est super, mais presque toujours sorti ! Si je le trouve, je te le mets de côté, d'accord ? Je le coincerai sous la table la plus près de la fenêtre.
Bien à toi,
Complice Galactique
P.S. Tu verras, il y a une espèce de planche sous la table.

L'après-midi même, après la classe, elle rapporta le livre à la bibliothèque. Puis elle inspecta les rayons, à la recherche d'*Un après-midi avec les extraterrestres.*

Miracle ! Pour une fois, il était là, bien à sa place sur son étagère. C'était bon signe, sûrement : la chance était avec elle.

Elle vérifia que personne ne regardait dans sa direction et vite, très vite, elle glissa le livre sous la table, entre le plateau et l'allonge repliée. Et voilà ! C'était une excellente cachette. Pour repérer ce livre, il fallait se pencher un peu — et savoir qu'il était là.

Il ne restait plus qu'à attendre. Un jour ou l'autre, sûrement, Camarade Cosmique relirait *Invasion sur Pluton*, trouverait son petit mot et chercherait sous la table.

Attendre ? Mais c'était détestable, d'attendre ! Eunice n'avait jamais su faire. Toute la semaine, jour après jour, en sortant de l'école, elle prit le bus et descendit à la bibliothèque pour aller jeter un coup d'œil à sa cachette. *Un après-midi avec les extraterrestres* était toujours là, à peine visible, coincé entre table et rallonge. *Invasion sur Pluton* somnolait sur son étagère.

La semaine suivante, son impatience grandit encore. A la bibliothèque, au lieu de lire ou de faire ses devoirs, elle passait le plus clair de son temps à épier les autres autour d'elle. Qui, mais qui pouvait bien être le mystérieux Camarade Cosmique ? C'était presque sûrement un élève de sa classe. Bon nombre d'entre eux venaient ici, comme elle, à la sortie de l'école, pour y faire leurs devoirs ou emprunter des livres. Ou même pour bavarder et chahuter un peu, quand Mme Page avait le dos tourné. Eunice décida de mener une enquête. Une grande enquête méthodique, comme le font les vrais détectives. En procédant par élimination.

Le mieux était sans doute de passer en revue ses camarades de classe, en commençant par ceux qui venaient le plus souvent.

Walter Kenney, au bout de la table, était là presque tous les jours. Il dut sentir le regard d'Eunice posé sur lui : il leva les yeux et sourit jusqu'aux

oreilles. Il ressemblait à un grelot. Gênée, Eunice lui rendit son sourire et détourna les yeux très vite.

A la table voisine, Rachel Porter et Janie Hines chuchotaient comme deux bouilloires sur le feu. Ou plutôt, comme toujours, Rachel chuchotait et Janie

pouffait, le cou dans les épaules. A côté d'elles, Mary Louise Burke, la nouvelle, coloriait une carte de géographie.

Un peu plus loin, Eddie Murphy lisait en mâchonnant un chewing-gum. Plus vite ses yeux parcouraient la page, plus vite il actionnait les mâchoires. Eunice l'observa un instant. Qu'était-il en train de lire ?

En face de lui, Stanley Ferguson, assis un peu de guingois, était penché sur un gros livre. Eunice ne le voyait que de dos, mais elle savait ce qu'il lisait : un livre sur la préhistoire, bien sûr. Stanley était fou de préhistoire. Surtout des animaux préhistoriques. D'ailleurs le dos de son sweat-shirt s'ornait d'un magnifique stégosaure.

Peu après, comme elle allait boire à la fontaine d'eau potable, Eunice vit Marcie Hubbard en train de faire enregistrer des livres. Joey Harrison était avec elle. Joey n'avait que deux livres, des gros. Eunice était trop loin pour déchiffrer les titres. Elle hésita un instant, mais malgré sa curiosité elle renonça à s'approcher pour lire de quoi il s'agissait.

La seconde semaine s'écoula. Eunice commençait à désespérer. Jamais Camarade Cosmique ne trouverait son billet, elle en était à peu près certaine.

Mais le mardi apporta une surprise : *Invasion sur Pluton* n'était plus sur le rayonnage. Quelqu'un l'avait emprunté ! Camarade Cosmique, peut-être, afin de le relire encore ?

Fébrile, Eunice jeta un coup d'œil sous la table près de la fenêtre. Mais le livre caché était toujours là, dans la fente. Le lendemain, il n'avait toujours pas bougé.

Le jeudi, enfin, Eunice faillit sauter de joie. Dans la fente sous la table, il y avait du nouveau ! Elle y glissa la main, rencontra quelque chose... Un livre, apparemment, mais pas *Un après-midi avec les extraterrestres.* Celui-ci était plus épais. Eunice lança un regard à droite, à gauche, et extirpa sa trouvaille.

C'était un titre qu'elle n'avait encore jamais remarqué, *La Vieille Zyvitch de Mars.* Elle le feuilleta à toute allure, certaine d'y trouver un message. Il y en avait bien un, et elle le lut d'un trait :

A l'attention de Complice Galactique :

Super, ton idée de glisser des bouquins sous la table ! Celui-ci va te plaire, pas de problème.
Surtout le chapitre 7 !

Bien à toi,

Camarade Cosmique

Eunice osait à peine y croire. Camarade Cosmique avait trouvé son petit mot et lui avait répondu !

A présent, elle n'en doutait plus : identifier Camarade Cosmique allait être un jeu d'enfant. Et ce serait passionnant de suivre la piste, de relever des indices, de jouer les détectives. Un de ces jours, elle n'aurait qu'à dire : « Salut, Camarade Cosmique ! » et l'autre ouvrirait des yeux ronds. Ce serait un bonheur sans nom.

Sa trouvaille sous le bras, elle regagna le rayon de la science-fiction. Il lui fallait absolument *Nuée fatale sur la nébuleuse.* Pour glisser dans la cachette secrète, ce serait le meilleur choix.

Surtout, surtout, ne pas décevoir Camarade Cosmique !

3

Le test de la Zyvitch

Assise au soleil sur le pas de sa porte, Eunice était plongée dans *La Vieille Zyvitch de Mars* quand une ombre sur la page lui fit lever les yeux. C'était Arnold, Arnold Campbell de la maison rose, plus bas dans la rue. Eunice s'entendait bien avec lui : il était toujours de bonne humeur. D'ailleurs, en classe, ils étaient assis côte à côte.

Ce jour-là, Arnold avait la mine encore plus réjouie que d'ordinaire.

— Regarde, dit-il en lui tendant deux albums de la série *Galaxie inconnue*. Tu les as lus, ceux-là ?

— Ah non, tiens ! s'écria Eunice, tout

heureuse. D'où est-ce qu'ils sortent ?

— Je les ai échangés contre mon vieux *Alerte aux vampires*, dit Arnold en agitant les oreilles. (Il venait de découvrir comment faire, il ne lui manquait plus que la pratique !)

Eunice était ravie. Toute la série *Galaxie inconnue* valait d'être lue, même si les dessins n'étaient pas toujours fameux. En toute autre circonstance, Eunice se serait jetée sur ces albums immédiatement, mais pour le moment il lui tardait d'arriver au fameux chapitre sept de *La Vieille Zyvitch de Mars*.

— Ce bouquin-là, tu devrais le lire, dit-elle à Arnold en lui montrant la couverture.

Il fit la moue :

— Je ne sais pas, ça a l'air un peu long.

Il avait un crayon calé derrière l'oreille et il essayait de le faire tomber sans y toucher. Ses oreilles n'étaient pas seules à remuer, Eunice le voyait bien : ses cheveux aussi bougeaient, et son front, et ses sourcils.

— Long ? dit elle. Pas tellement. Et ça se lit vite, tu sais. C'est une histoire de sorcière de l'espace qui voyage à travers les trous noirs et qui essaie d'aspirer la lumière du soleil. Je n'en suis qu'au chapitre six, mais ça ferait une rudement bonne bande dessinée.

Arnold dressa l'oreille.

— En bande dessinée, je ne dis pas non. Peut-être que je pourrais la faire, moi, cette histoire, en bande dessinée ?

Arnold était fou de bandes dessinées. Non seulement il en dévorait des tonnes, mais encore il en dessinait lui-même, il

en commençait beaucoup, en tout cas. C'était une chance d'être à côté de lui, en classe, parce qu'on pouvait le regarder dessiner, quand la maîtresse avait le dos tourné.

— C'est sur ce livre-là que tu fais ton exposé, demain ? demanda Arnold.

— Non, j'ai choisi *Panique à bord du vaisseau spatial.* Celui-ci, c'est quelqu'un qui me l'a donné...

— Donné ? J'aurais juré qu'il venait de la bibliothèque.

Eunice hésita. Pourquoi ne pas mettre Arnold au courant du mystère ? Elle mourait d'envie de parler de Camarade Cosmique. D'ailleurs, il pourrait peut-être l'aider à mener l'enquête ? D'un autre côté...

— Salut, vous deux ! Alors, on échange des secrets ?

Eunice sursauta. Marcie Hubbard ! Marcie habitait la maison voisine, la maison aux volets verts. Elle aussi était dans sa classe.

— Nous ? Des secrets ? Absolument pas, répondit Eunice très vite.

Dire qu'elle avait été à deux doigts de parler de Camarade Cosmique ! Non, elle s'en rendait compte à présent, mieux valait garder cette énigme pour elle. Et surtout, surtout, ne pas laisser Marcie y mettre le nez ! Les secrets, Marcie en raffolait. Bien mieux : elle en faisait. Par exemple, elle n'avait toujours pas dit à Eunice quel avait été son plus beau cadeau d'anniversaire, le mois dernier. C'était un secret. Elle ne voulait pas révéler non plus son second prénom. Encore un secret. Si jamais elle devinait qu'Eunice avait un secret à son tour, Marcie la harcèlerait jusqu'à le lui faire avouer. Eunice fut bien soulagée lorsque Marcie changea de sujet :

— Plus que quinze jours avant Halloween* ! En quoi vous vous déguisez, vous ? Moi, j'hésite entre un papillon et un paquet de bonbons.

Arnold s'esclaffa :

— Un paquet de bonbons ? T'es complètement folle ! Comment tu comptes faire ça ?

— Facile. Tu prends un grand sac en

* Le 31 octobre au soir, les jeunes Américains se déguisent et vont de porte en porte, par petits groupes, quêter bonbons et piécettes.

plastique transparent, et tu le remplis de petits ballons de toutes les couleurs, ou de faux bonbons faits avec des boulettes de papier journal enveloppées dans du papier cadeau. Tu rentres dans le sac et tu fais juste deux trous pour les pieds. Si tu as vraiment peur qu'on ne comprenne pas ce que tu es, tu peux écrire BONBONS en gros sur le sac. Et vous, qu'est-ce que vous avez choisi ?

— Moi, je serai un vampire, dit Arnold. La chauve-souris, hein, pas le bonhomme. Je collerai des oreilles pointues à mes oreilles, et c'est pour ça qu'il faut que je m'exerce à les remuer. Pour me faire les muscles, ajouta-t-il. Parce qu'un vampire, ça remue les oreilles.

— Moi, avoua Eunice, je voudrais être une soucoupe volante mais je ne sais pas trop comment faire.

Marcie poussa un gros soupir.

— En réalité, je voulais me déguiser en coccinelle, mais crac ! c'est ce qu'a choisi la nouvelle. Elle a déjà le costume, elle m'a dit. De l'an dernier.

— Mary Louise Trucmachin, tu veux dire ? s'écria Arnold. Si j'étais toi, je me déguiserais en araignée et hop ! je n'en ferais qu'une bouchée, de ta coccinelle !

Il se mit à sauter comme un pantin, ou plutôt comme un araignée — selon lui.

Marcie le foudroya du regard.

— Tu te crois drôle ? Et d'abord, elle s'appelle Burke et pas Trucmachin.

— Oh ! toi, tu prends toujours la défense du plus faible, dit Eunice. N'empêche, personne ne l'aime.

— Moi, je la trouve plutôt gentille, soutint Marcie. Elle est timide, c'est tout. À propos, Eunice, je t'ai vue hier, à la bibliothèque. Mais toi tu ne m'as pas vue. (Elle souriait d'un air mystérieux ; encore un de ses secrets.) Je rapportais le livre que j'avais pris pour mon exposé de demain.

Eunice fut intriguée. Marcie et elle se connaissaient depuis la maternelle, mais Eunice découvrait soudain qu'elle ne savait guère ce que lisait Marcie d'ordinaire.

— Et qu'est-ce que tu as choisi ? demanda-t-elle.

— Tu le sauras demain, la taquina Marcie.

— Bof, mentit Eunice, pour ce que ça m'intéresse...

Mais une question lui brûlait les lèvres : pourquoi Marcie lui disait-elle qu'elle l'avait vue à la bibliothèque ? Qu'y avait-il d'extraordinaire à cela ? Ou bien Marcie l'avait-elle surprise à glisser le livre sous la table ?

Et si Camarade Cosmique n'était autre que Marcie ? Elle était dans sa classe, après tout ; et elle venait de temps à autre à la bibliothèque, elle aussi.

Eunice eut une idée. Il existait un moyen de s'en assurer très vite.

— Tiens, j'ai changé d'avis, pour mon déguisement, dit-elle. Je crois que je vais plutôt me déguiser en vieille Zyvitch.

— Wouah ! ça devrait être chouette, dit Arnold.

Marcie ouvrit des yeux ronds :

— En vieille Zyvitch ? Qu'est-ce que c'est que ça ?

Fort bien, mais était-elle sincère ? Marcie avait de fameux dons de comédienne. Eunice expliqua ce qu'était une Zyvitch, mais elle eut beau observer Marcie, elle ne put rien lire sur ses traits. De toute manière, avec Marcie, il n'y avait pas moyen de savoir. Si vraiment c'était elle l'énigmatique Camarade Cosmique, elle ne laisserait pas percer son secret aussi aisément.

— A table ! appela une voix dans leur dos.

C'était Mme Burton, à la porte de sa cuisine.

— J'arrive ! lança Eunice. Allez, salut, vous autres ! A demain, ajouta-t-elle en refermant son livre.

Demain...

Demain, avec les fameux exposés, elle recueillerait sans doute de précieux indices.

4

Pistes et indices

— Eunice Burton, s'il te plaît, écris au tableau le titre de ton livre.

Comme toujours, Eunice était la première interrogée. Mme Eliott croyait aux vertus de l'ordre alphabétique. Si seulement Mary Louise avait eu la bonne idée de s'appeler Abel ou Anderson !

Tout en résumant de son mieux, d'une voix qui chevrotait un peu, *Panique à bord du vaisseau spatial*, Eunice guettait les réactions de la classe. Si quelqu'un avait l'air plus intéressé que les autres... Mais tout le monde avait l'air intéressé. D'abord, c'était le premier exposé. Et puis l'histoire était passionnante. Lorsque Eunice en arriva au passage où le capitaine du vaisseau se mettait à rétrécir jusqu'à devenir plus petit qu'un moucheron, vingt-cinq paires d'yeux se rivèrent sur elle. Mais il était difficile de dire si Camarade Cosmique faisait partie de l'auditoire.

Après Eunice, Mme Eliott appela Mary Louise Burke. Pour les travaux à effectuer à deux, Mary Louise faisait équipe avec Eunice. Pourquoi ? A cause de leurs noms de famille : B comme Burton, B comme Burke. B comme la barbe, se disait Eunice. Mary Louise n'était franchement pas drôle. Un bonnet de nuit. Oui, c'était vraiment la barbe de travailler avec elle, tous les jours, pour le dernier quart d'heure de classe, et parfois même davantage, en cas d'examen le lendemain. Eunice aurait donné cher pour être avec N'IMPORTE QUI d'autre. D'abord, Mary Louise ouvrait à peine la bouche. En plus, si Mary Louise n'était pas arrivée dans leur classe, bêtement, huit jours après la rentrée, c'est avec Arnold Campbell qu'Eunice aurait dû se retrouver. Quelle paire ils auraient fait, tous deux !

— Plus fort, Mary Louise, je ne t'entends pas, disait la maîtresse.

Mary Louise s'éclaircit la gorge.

— Je n'ai pas encore tout à fait terminé, annonça-t-elle à mi-voix.

Mme Eliott poussa un soupir.

— Bien, dit-elle. Tu passeras demain, alors. Demain, sans faute. Arnold Campbell ?

L'exposé d'Arnold était des plus courts, mais il l'allongea un peu en dessinant les personnages au tableau. Il remua ses oreilles, aussi. Discrètement, juste une fois.

Les exposés se succédaient.

Eunice écoutait avec attention, espérant toujours un indice. Mais rien ne venait. Stanley Ferguson présenta un livre sur les animaux préhistoriques, Joey Hamilton un gros ouvrage sur la découverte du caoutchouc. Son exposé n'en finissait plus.

A propos de caoutchouc, c'était Eunice qui se sentait devenir toute molle — un vrai sujet en Latex. Elle avait trop sommeil pour suivre l'exposé de Janie Hines, sur un roman à dormir debout. Elle jeta un regard de biais pour voir si Arnold travaillait à sa nouvelle bande dessinée, « Mme Idiott et sa classe de Monstres ». Il y travaillait. Son classeur posé devant lui en guise de paravent, il dessinait Mme Idiott, qui ressemblait assez à une sorcière, mais un peu aussi à Mme Eliott. Certains des monstres rappelaient fortement des élèves de la classe.

Marcie venait de gagner le tableau et prenait la craie pour écrire. Eunice fit l'effort de se redresser et tâcher de lire.

En grosses lettres rondes, Marcie inscrivit : *Le grand voyage du petit...* Ici, le dos de Marcie masquait la suite, mais lorsque Eunice vit apparaître le dernier mot, *vert,* son sang ne fit qu'un tour : le petit homme vert, peut-être ?

Mais Marcie se déplaça sur le côté pour laisser la classe lire le titre. Eunice rentra le cou dans les épaules. En fait de petit homme vert, c'est d'un petit lézard vert qu'il était question.

Marcie le montra en image.

— Et c'est une histoire vraie, annonça-t-elle. Enfin, une histoire qui pourrait être vraie...

Marcie se sentit trahie. Elle s'en souvenait, à présent : Marcie était une passionnée des animaux, de tous les animaux, à fourrure ou à plume. Ce qui ne prouvait rien, d'ailleurs. Camarade Cosmique avait le droit de raffoler des animaux. Et Eunice imaginait sans peine Marcie Hubbard en train de glisser un message dans un livre.

Après Marcie, Mme Eliott appela Eddie Murphy au tableau. Cette fois, ce n'est pas le titre du livre qui fit sursauter Eunice, mais l'écriture au tableau. C'était une sorte de script, bien droit, bien régulier — tout à fait comme dans les messages signés Camarade Cosmique.

— Le livre que ch'ai choigi est chur un chport que ch'aime bien, baragouina Eddie.

La maîtresse lui coupa la parole.

— Eddie, tu vas commencer par jeter ce chewing-gum, s'il te plaît. Et tu reprendras au début.

Eunice était si fascinée par l'inscription au tableau qu'elle oublia d'écouter de quoi il était question. Lorsqu'elle revint à la réalité, Eddie concluait son exposé :

— ... Mais en réalité, les Indiens d'Amérique y jouaient déjà depuis des siècles.

A quoi ? Eunice n'allait sûrement pas poser la question.

— Merci, Eddie, conclut la maîtresse. Je suis sûre que tout le monde est heureux d'en savoir plus sur le

USA
Tout sur le
Lacr se

lacrosse*. Bien. Nous n'avons plus le temps d'écouter un autre exposé. Ceux qui n'ont pas présenté le leur aujourd'hui le présenteront demain.

Eunice regarda Eddie regagner sa place. Si c'était lui Camarade Cosmique, son exposé n'en laissait rien deviner.

Bien sûr, elle aurait pu lui poser la question, tout simplement. Mais c'était beaucoup trop facile. Ce serait mille fois plus drôle de trouver toute seule et de dire : « Tiens, tiens ! C'est donc toi, Camarade Cosmique ! »

Elle décida de surveiller les livres qu'Eddie empruntait à la bibliothèque.

* Joué par deux équipes de sept à douze joueurs, le lacrosse consiste à faire pénétrer dans un but carré une balle lancée à l'aide d'une crosse à laquelle est fixé un filet.

5

L'enquête

Après la classe, Eunice prit le bus pour la bibliothèque. De toute manière, elle avait des livres à rapporter.

— Trois seulement, Eunice ? dit Mme Page. Je suis sûre que chez toi il en reste une douzaine.

Elle regardait Eunice comme si elle s'attendait à la voir tirer ces livres de sa manche.

— Oui, répondit Eunice, mais j'ai encore quelques jours pour les rendre.

Mme Page pinça les lèvres et prit les livres de la petite rousse à lunettes qui suivait.

Eunice s'éloigna, le sourire aux lèvres.

C'était si bon d'avoir le dernier mot !

Puis elle chercha des yeux Eddie Murphy.

Elle eut tôt fait de le repérer, non loin de la fontaine d'eau potable. Elle fit mine d'aller boire et marqua un arrêt derrière sa chaise. Il n'était pas en train de faire ses devoirs.

— Tiens, salut ! Qu'est-ce que tu lis ? dit-elle d'un ton innocent.

Il fit claquer son chewing-gum d'une grosse bulle amicale et lui montra la couverture de son livre : *Danny marque et gagne*. A côté de lui s'élevait une petite pile du *Magazine des sports*.

Pas précisément les lectures qu'on aurait attendu d'un Camarade Cosmique. Eunice allait s'éloigner, mais c'est alors qu'elle remarqua le nom d'Eddie sur son cahier d'anglais. L'écriture était la même, vraiment la même que celle des messages. Non, elle ne pouvait pas éliminer Eddie, pas encore.

Elle gagna d'un pas nonchalant la table sous la fenêtre, et vérifia s'il y avait du nouveau dans la cachette. Ce faisant, elle surveillait Eddie du coin de l'œil. Si c'était lui Camarade Cosmique,

DICTEES
Eddie Mumford

il devait s'y intéresser, à cette table.

Mais il n'y avait pas de livre sous la table, et Eddie restait plongé dans *Danny marque et gagne.*

Eunice s'assit et s'efforça de se concentrer sur sa révision de mathématiques, mais ses pensées revenaient sans cesse aux messages de Camarade Cosmique et à l'écriture d'Eddie.

— Tu as encore plié le coin de tes pages ! s'indigna la voix de Mme Page à l'autre bout de la salle.

Eunice leva les yeux pour voir qui se faisait réprimander.

— Je te l'ai déjà dit, je ne veux pas de ça, Janie, poursuivait Mme Page. Je suis bien certaine que Rachel, elle, se sert toujours d'un marque-page.

Marque-page... Eunice oublia les fractions pour accorder toute son attention à Rachel, debout près du bureau à côté de Janie. Ainsi donc, Rachel se servait de marque-pages ? Rachel était dans la classe au-dessus, mais elles avaient toujours été grandes amies. Rachel adorait bavarder et Eunice aimait bien écouter.

Plus elle y réfléchissait, plus Rachel

lui semblait faire une parfaite Camarade Cosmique. D'abord c'était Rachel, l'année d'avant, qui lui avait donné le goût des aventures spatiales. A l'époque, Rachel voulait être cosmonaute. Elle avait appris à Eunice des tas de détails époustouflants sur l'univers. Le fait que les anneaux de Saturne sont constitués de particules de glace, par exemple. Eunice aimait l'idée de ces glaçons tournoyant autour d'une planète.

Cette année, Rachel avait changé ; elle voulait devenir vétérinaire. C'était des animaux qu'elle parlait désormais. Mais elle avait toujours des tas de détails extraordinaires à apprendre à Eunice. Le fait que les chiens ne transpirent pas, par exemple, ou que seuls les moustiques femelles piquent.

Il y avait une place libre juste en face d'Eunice. Peut-être Rachel allait-elle venir s'y installer ? Eunice l'espérait. Elle pourrait bavarder avec Rachel... et lorgner discrètement son écriture.

Rachel se dirigeait droit vers elle. Super ! Hélas, juste à ce moment-là, Mary Louise prit la chaise libre. Flûte et zut, enragea Eunice, mais elle n'en laissa rien voir.

— Est-ce que tu sais quelles pages on a à revoir, pour l'interro de demain ? demanda-t-elle plutôt à Mary Louise.

— De la page 42 à la page 60, je crois.

Eunice hésita, puis elle se pencha par-dessus la table et chuchota :

— Au fait, Mary Louise. Tu as vu, tout à l'heure, quand Mme Eliott a demandé à Eddie de jeter son chewing-gum ? Il a fait semblant de le mettre à la corbeille, mais je l'ai vu se le caler derrière l'oreille ! Beuark. (Elle rit.) Je parie qu'il y est encore.

Il lui sembla déceler un soupçon de sourire, mais Mary Louise ne leva pas les yeux. Bon. Tant pis. Il y avait des gens, franchement, on ne pouvait rien tirer d'eux...

Eunice ravala un soupir et ouvrit son livre de mathématiques à la page 42.

Mais les fractions ne la passionnaient pas au point de lui faire oublier Camarade Cosmique. Au bout d'une minute à peine, elle se releva, des fourmis plein les jambes. Elle avait soif. Ou plutôt non, pas vraiment soif, mais envie d'aller faire un tour du côté de la fontaine, en passant par la table où travaillait Rachel. Avec un peu de chance, elle pourrait regarder son écriture au passage.

Rachel chuchotait avec Janie Hines, mais lorsqu'elle aperçut Eunice elle lui fit signe d'approcher.

— Hey, Eunice ! appela-t-elle tout bas. Tu l'as regardée, cette émission sur les insectes, hier soir, à la télé ?

— Non, chuchota Eunice. C'était bien ?

— C'était extra ! (Rachel en oubliait de chuchoter.) Surtout le passage sur les perce-oreilles. C'est fou ce qu'une mère perce-oreille peut s'occuper de ses petits. Tu n'as pas idée. Par exemple, après la naissance... Tiens, assieds-toi là, que je te raconte.

— Pas maintenant, coupa Eunice, très bas, très vite. Je te verrai demain à la récré.

Une fois lancée, Rachel était intarissable. Et déjà Mme Page, là-bas, à son bureau, fronçait le sourcil dans leur direction. Mieux valait ne pas trop s'attarder. Avant de s'éloigner, Eunice chercha à voir l'écriture de Rachel, mais son cahier disparaissait sous *Le Grand Livre des pingouins*.

Décidément, c'était sérieux, cette passion de Rachel pour les animaux. Mais cela ne prouvait pas que le cosmos ne l'intéressait plus. D'ailleurs, comment oublier ces anneaux de glace autour de Saturne ?

Elle décida de tenter sa chance auprès d'un dernier suspect avant de regagner sa place. Hmm, voyons... Qui examiner cette fois-ci ?

Et pourquoi pas Walter Kenney ? Il venait à la bibliothèque à peu près aussi souvent qu'elle, et il empruntait toujours des quantités de livres. Il fréquentait son école aussi, même s'il n'était pas dans sa classe. D'ailleurs, c'était sans doute le garçon le plus gentil de toute l'école. Franchement, oui, pourquoi pas lui ?

Elle se glissa derrière sa chaise et jeta un coup d'œil rapide au livre ouvert devant lui. Ou, plus exactement, elle VOULUT y jeter un coup d'œil rapide ; mais elle se mit à lire pour de bon.

— Jo ! Jo ! Où es-tu ? criait Meg, au pied de l'escalier du grenier.

— Ici ! répondit une voix rauque au-dessus de sa tête...

Ces noms lui rappelaient quelque chose.

Mais oui ! *Les Quatre Filles du Dr. March* ! Walter était en train de lire *Les Quatre Filles du Dr. March*.

Eunice voulut repartir ; trop tard !

Il leva les yeux, l'aperçut. Lui qui riait toujours d'habitude garda les lèvres pincées. Il avait l'air plutôt gêné.

— Ben quoi ? marmonna-t-il. Bien le droit de regarder ce bouquin, non ? Je l'ai pris pour ma sœur, c'est elle qui me l'a demandé.

— Oh ! mais c'est un très bon livre, bredouilla Eunice. Tout le monde a le droit de le lire.

Ce n'était pas la chose à dire. Walter la foudroya du regard.

Eunice voulut rattraper sa bévue :

— Je veux dire, il va plaire à ta sœur, j'en suis sûre.

Walter ne desserra pas les dents.

Penaude, Eunice regagna sa place.

Walter Kenney ne serait sans doute plus le garçon le plus gentil de toute l'école. Pas avec elle, en tout cas. Il la croirait toujours en train de l'espionner.

Décidément, cette enquête n'aboutissait à rien de bon. Demain, peut-être, avec la suite des exposés ?

Mais, tout à coup, Eunice fut prise d'une terrible envie d'éternuer. Elle éternua très fort, trois fois de suite.

Mme Page, qui rangeait des livres non loin de là, lui dit à mi-voix, sévère :

— Eunice Burton, où est ton mouchoir ?

6

La liste de suspects

Le lendemain, Eunice resta au lit : début de grippe.

— Et ne mets pas le nez dans mon journal intime ! lui rappela Alma en partant pour l'école. Tu peux lire mon dernier bouquin, par contre.

— *Les Rêves secrets de Jennifer* ? J'aimerais encore mieux lire l'annuaire ! lança Eunice en réponse.

Sa mère vint prendre sa température.

— Quand tu seras fatiguée de lire, dit-elle, tu pourras t'étendre sur le canapé et regarder la télé, si tu veux.

— Oh, je ne crois pas, merci. J'aimerais mieux un jeu de cartes, si tu en as un, et un jus d'orange, s'il te plaît.

Toute la matinée, Eunice fit des réussites, sirota du jus d'orange, et réfléchit à l'énigme de Camarade Cosmique.

C'était trop bête d'être clouée à la maison. Son enquête n'avançait pas, pendant ce temps.

Pourquoi ne pas dresser une liste des suspects ?

Elle réfléchit longuement et pour finir inscrivit cinq noms.

Rachel venait en tête de liste. Eunice était persuadée que quelque part au fond d'elle-même Rachel s'intéressait toujours au cosmos. Après tout, un jour ou l'autre, on établirait des colonies sur les planètes. Il y aurait forcément des animaux. Et beaucoup de travail pour les vétérinaires de l'espace, à coup sûr.

D'un autre côté, on ne pouvait pas exclure Eddie Murphy. Son écriture était vraiment la même que celle des messages.

Peut-être lisait-il de la science-fiction le dimanche, même si durant la semaine il ne pensait qu'au sport ?

Walter Kenney venait en troisième position. Si seulement ça pouvait être

lui ! soupirait Eunice. Mais rien ne permettait de le penser. A regret, elle raya son nom.

Elle avait inscrit Marcie sur sa liste. Plus elle y réfléchissait, et plus ces messages glissés dans des livres lui faisaient songer à Marcie.

Enfin, il y avait Joey. L'année d'avant, à la Journée des Sciences de l'école, il avait remporté le premier prix avec son émetteur de Morse. Si c'était lui Camarade Cosmique, ce serait vraiment

une bonne surprise. Eunice avait déjà son idée pour la prochaine Journée des Sciences. Peut-être que Joey accepterait de faire équipe avec elle ?

Elle rampa hors de son lit pour aller chercher une boîte de mouchoirs et son livre d'astronomie, celui qui fournissait les plans d'un télescope à construire soi-même. Si Joey était d'accord pour participer aux frais, elle était prête à vider sa tirelire pour l'achat des objectifs, du carton et de la colle.

Mais ça, c'était le mercredi.

Le jeudi, Rachel passa en tête de liste. Eunice se rappelait toutes ces merveilles que Rachel lui avait apprises l'an passé : Bételgeuse et les nébuleuses, les comètes et les trous noirs.

Le vendredi matin, Eddie devint le favori. Après tout, l'écriture ne ment pas. Elle l'avait lu quelque part.

Le vendredi après-midi, Joey repassa

en tête. Ce devait être tellement fabuleux de construire son propre télescope !

Le vendredi soir, Marcie passa la voir et lui apporter ses devoirs.

— J'ai une mauvaise nouvelle à t'annoncer, dit-elle avec une grimace.

Eunice eut un petit sursaut.

— Ah ? Et quoi ?

— Mme Eliott a changé Arnold de place. Il ne sera plus à côté de toi, elle l'a fait mettre devant. Pour pouvoir le surveiller, elle a dit.

— Oooh non ! Pourquoi ? Elle a découvert la bande dessinée à laquelle il travaillait ?

— Ouaip. Elle a découvert Mme Idiott et la classe de Monstres, et elle n'a pas aimé du tout. Remarque, elle a quand même reconnu que c'était drôlement bien dessiné.

Eunice poussa un soupir. Hélas ! Elle ne pourrait plus regarder Arnold dessiner. Elle demanda, inquiète :

— Et qui est-ce qu'elle a mis à sa place ?

— A côté de toi ? Stanley.

— Oh non ! Pas ce vieux dinosaure !

Tout ce qu'elle aurait sous les yeux,

désormais, ce seraient d'horribles sauriens.

Mais elle ne s'attarda pas sur cette déconvenue. Une idée lui venait : pourquoi ne pas soumettre Marcie à un petit test ? Marcie était toujours sur sa liste de suspects, quoique tout en bas désormais.

— A propos, demanda-t-elle, tu l'as commencé, ton déguisement pour Halloween ?

— Non, répondit Marcie.

— Je me disais... Je te verrais bien déguisée en espion, habillée en noir, avec une fausse barbe.

— Ah bon, dit Marcie, sceptique.

— Tu ne crois pas que ça t'irait bien, d'être un espion ? Tu glisserais des messages dans toutes sortes d'endroits — dans des tiroirs, dans des livres...

Là, elle prenait des risques. Elle observait Marcie avec attention. Mais Marcie fit la moue :

— J'aime mieux mon idée de coccinelle. Justement, je voulais te demander : tu me prêterais ton collant rouge pour faire les pattes ?

— 'Videmment, dit Eunice en se renfrognant. Mais je croyais que c'était Mary Louise qui devait se déguiser en bête coccinelle ?

Elle était déçue, mais pourquoi, au fond ? Marcie, Camarade Cosmique ? Elle n'y avait jamais tenu spécialement.

— Oui, moi aussi, je croyais, dit Marcie, mais je m'étais trompée. Elle se déguise en princesse, je pense, ou en fée. J'ai

vu un bout de son costume et ce n'est pas vilain du tout. En tout cas, ça brille joliment.

Tout en parlant, elle farfouillait dans la commode où Eunice rangeait ses chaussettes. Elle en extirpa le collant rouge et l'inspecta d'un œil critique. Il y avait un trou au gros orteil du pied gauche, mais pour une coccinelle ce serait bien assez bon.

Après son départ, Eunice reprit sa liste et raya le nom de Marcie d'une main ferme.

7

Cosmos, Oklahoma

Lorsqu'elle retourna en classe, le mardi suivant, Eunice avait un plan. Cette fois, elle en était sûre, elle aurait tôt fait de démasquer Camarade Cosmique. Son idée, elle la tenait du capitaine Robodek, dans *Mutinerie intergalactique*. Elle s'inspirerait de sa méthode pour démasquer l'extraterrestre...

A l'heure de la cantine, elle se glissa derrière Joey dans la file d'attente, et orienta la conversation sur la prochaine Journée des Sciences. Joey ne voulait pas dévoiler ce qu'il comptait présenter. Il lui laissa seulement entendre qu'il y avait déjà beaucoup travaillé.

— J'ai un camarade de vacances qui fait plein d'expériences dans ce genre, assura Eunice. (C'était un mensonge, mais son plan l'y obligeait.) Dommage, il n'habite pas par ici. Il habite à Cosmos, dans l'Oklahoma.

Joey n'avait pas l'air passionné.

— Je l'appelle mon *Camarade Cosmique*, compléta Eunice d'un ton détaché.

Joey ne broncha pas et se choisit un gros steak haché.

Il ne restait plus qu'à le rayer de la liste. Tant pis. Ce télescope était sans doute trop difficile à construire, de toute manière.

Cet après-midi-là, Eunice passa le plus clair de son temps à rêvasser. Arnold lui manquait, et plus encore ses petits dessins. Elle se demandait s'il travaillait à une nouvelle bande dessinée, là-bas, au premier rang. Mais c'était peu probable. Mme Eliott avait l'œil sur lui.

A l'heure de la sortie, Eunice s'éveilla et sentit renaître son désir de démasquer Camarade Cosmique. Elle repéra Rachel dans le couloir et courut la rattraper.

— Tiens, une revenante ! dit Rachel sans ralentir le pas. (Elle aussi prenait le bus.) Et où étais-tu passée, qu'on ne te voyait plus ?

— J'ai été malade, répondit Eunice. Au fait, rappelle-toi, tu devais me parler des perce-oreilles, ajouta-t-elle pour amorcer la conversation.

Alors Rachel se lança dans un long discours sur l'instinct maternel des perce-oreilles et Eunice se creusa la cervelle : comment amener la conversation sur Cosmos, Oklahoma ?

— Incroyable, quand même, ce que font

les animaux, conclut Rachel comme elles atteignaient l'arrêt de bus. Il me tarde drôlement de devenir vétérinaire.

C'était le moment ou jamais.

— Ce qui me fait penser... hésita Eunice. J'ai une amie de vacances, son père est vétérinaire.

Rachel eut l'air intéressée.

— Elle vient souvent ici, mais elle habite à Cosmos, dans l'Oklahoma. (La mine de Rachel s'éclaira. Hoho ! se dit Eunice, pleine d'espoir.) Je l'appelle *Camarade Cosmique*.

Rachel ouvrit la bouche pour dire quelque chose mais le bus arrivait.

— Je te réserve une place ! lui lança Eunice en montant à bord.

Elle exultait. Elle avait gagné ! Elle avait enfin découvert qui était Camarade Cosmique ! Le capitaine Robodek en personne n'aurait pas fait mieux.

Dès que le brouhaha se calmerait un peu, elle pourrait passer au meilleur moment du scénario : l'instant de dévoiler qu'elle était Complice Galactique.

Elle n'eut pas le temps d'ouvrir la bouche que Rachel reprit la parole :

— Comment tu dis que tu l'appelles,

cette fille dont le père est vétérinaire ? Je n'ai pas entendu, avec tout ce boucan. Est-ce qu'elle doit venir bientôt ? J'aimerais tant rencontrer son père !

— Comment ? Euh... bredouilla Eunice. Je ne sais pas trop.

Et voilà. Tous ses espoirs à l'eau.

— Parce que j'aurais plein de questions à lui poser, moi, poursuivait Rachel. Où est-ce qu'ils habitent, tu dis ? Dans l'Oklahoma ? Ce n'est pas si loin que ça. Sûrement, tu pourrais leur demander de venir bientôt...

Eunice était trop déçue pour répondre. Par bonheur, Rachel passa à autre chose :

— Tu sais que j'avais un poisson rouge qui avait une vilaine maladie à la queue et que j'ai réussi à le sauver ? J'ai passé toute une nuit à le veiller, ou quasi, en changeant son eau tous les quarts d'heure. Je crois que c'est ça qui l'a sauvé. (Elle se tut un instant, songeuse.) Mais les trois autres sont morts...

Et Rachel parlait, parlait, mais Eunice avait grand peine à l'écouter. Oh, qu'il lui tardait d'arriver à la bibliothèque !

Elle repassait sa liste dans sa tête. Ainsi donc, Camarade Cosmique n'était ni Rachel ni Joey. Elle avait déjà rayé Marcie, et ce n'était sans doute pas Eddie.

Qui restait-il ? Sur sa liste, personne.

Mais en réalité ? Facile : à peu près tous ceux de sa classe qui fréquentaient la bibliothèque.

8

Une dernière tentative

Enfin le bus s'arrêta devant la bibliothèque. Cette fois, à cause de sa grippe, Eunice rapportait cinq livres en retard. Cinq fois une amende de quinze cents ! Mme Page fit le calcul avec une mine gourmande.

— Ce sera soixante-quinze cents, annonça-t-elle, triomphante. Hé ! mais qu'est-ce que je vois là, dans ce livre, Eunice ? Un mouchoir en papier ?

— Oh ! mais il est tout neuf, plaida Eunice en reprenant son bien d'une main preste.

Avant de s'attaquer à ses devoirs, elle commença par se choisir une petite

provision de lecture. Elle en profita pour chercher *Mutinerie intergalactique*. Ce serait le livre parfait à glisser sous la table pour Camarade Cosmique.

Elle eut du mal à le trouver (il n'était pas où il aurait dû être) et lorsqu'elle voulut gagner la table près de la fenêtre un garçon s'y dirigeait aussi. Elle pressa le pas. Elle avait été absente une semaine. Qui sait si ce garçon n'en avait pas profité pour s'approprier sa place ?

Elle atteignit la table la première et s'assit, soulagée.

A propos, il y avait sûrement un livre pour elle dans la cachette, depuis le temps ! Elle glissa une main dans la fente. Il y avait bien un livre, mais c'était peut-être celui qu'elle avait mis là pour Camarade Cosmique la semaine d'avant.

Elle vérifia que personne ne regardait, et sortit sa trouvaille. O joie ! C'était un livre qu'elle n'avait encore jamais lu : *Au-delà de la Voie lactée.*

Bien mieux, il y avait un petit mot à l'intérieur !

A l'attention de Complice Galactique:

Je viens juste de terminer ce bouquin. Le début est un peu barbant, mais continue et tu verras: la fin est géniale !

Bien à toi,

Camarade Cosmique

Eunice soupira, un peu déçue. Elle avait vaguement espéré trouver un message signé d'un vrai nom. Au début, le mystère avait eu son charme. A présent, elle commençait à s'en lasser. Il lui tardait de rencontrer enfin Camarade Cosmique.

Il y avait tant de choses à faire, à deux — surtout quand on partageait la même passion du cosmos !

A deux, on pouvait camper au jardin et dessiner une carte des étoiles. Eunice en avait commencé une, mais c'était un peu triste à faire, seule.

A deux, on pouvait jouer au jeu qu'elle avait reçu pour son anniversaire, *Le Labyrinthe d'Andromède*. Alma n'avait jamais le temps, ou toujours mieux à faire.

A deux, on pouvait... on pouvait se déguiser. Si seulement Camarade Cosmique avait pu l'aider à se déguiser en soucoupe volante !

Oui, mais que faire pour l'amener à se démasquer ? Le lui demander dans le prochain message ? Ce serait le plus simple, à coup sûr... Eunice réfléchit à cette solution.

Non, décidément, ce serait gâcher le jeu. Il fallait trouver le moyen de percer le mystère.

Mais d'abord, il était plus que temps de répondre à Camarade Cosmique. Eunice s'appliqua pour écrire.

Ohé, Camarade Cosmique !

Celui-ci, tu vas l'adorer. Et je parie que tu ne devineras jamais qui est l'extraterrestre.

Amitiés,

Complice Galactique

P.S. Le capitaine Robodek est mon héros préféré entre tous !

Elle glissa le livre sous la table et passa immédiatement à la recherche d'une tactique.

Après avoir longuement réfléchi, elle se décida enfin. Oh ! la solution choisie était loin d'être parfaite. Elle présentait deux gros inconvénients. D'abord, Eunice allait devoir mentir. L'idée ne lui plaisait pas du tout. Mais, après tout, les détectives et les espions étaient bien obligés d'inventer des histoires, parfois ; et on ne les traitait pas de menteurs. Ensuite, et c'était plus grave, ce mensonge allait s'adresser à une grande personne. Et pas n'importe laquelle : Mme Page. Mais il n'y avait vraiment pas moyen de faire autrement.

Elle ouvrit son sac, en sortit quelque chose et se dirigea vers le bureau de la bibliothécaire. Elle avait les jambes en coton.

— Mme Page...

— Une petite minute, s'il te plaît. Tu ne vois pas que je suis occupée ?

Eunice attendit. Ses jambes la portaient à grand-peine.

Enfin Mme Page leva les yeux sur elle, par-dessus le rebord de ses lunettes.

— Bien. Qu'est-ce que c'est ?

— J'ai trouvé ce billet de cinq dollars dans un livre. (Eunice brandit le livre que Camarade Cosmique avait caché pour elle sous la table.) C'est sûrement quelqu'un qui s'en est servi comme marque-page.

— Une tête de linotte, alors, commenta Mme Page.

— Euh, je me disais... Vous pourriez peut-être regarder qui l'a emprunté en dernier ? Comme ça, vous me diriez qui c'est et je...

— Tu crois que je n'ai que ça à faire ? Je n'ai pas une minute à moi.

Eunice fourra le billet dans sa poche et tourna les talons. Au diable Mme Page ! Avec n'importe qui d'autre, le stratagème aurait marché.

— Cela dit...

Eunice se retourna, pleine d'espoir.

— Tu peux me le laisser, ce billet. Je regarderai dans le registre, plus tard, et je le rendrai à son propriétaire.

Mme Page tendait la main, prête à s'emparer du billet.

Il ne manquait plus que ça ! Que faire ? Eunice balbutia :

— Euh... Je crois plutôt que je vais le garder... Jusqu'à ce que quelqu'un vous le réclame.

— Bon. Si tu veux, dit Mme Page après une hésitation.

Eunice l'avait échappé belle : un peu plus, et elle n'avait pas de quoi payer la cantine de la semaine !

Encore raté. Et cette fois-ci, elle ne voyait vraiment plus que faire.

9

Tout est découvert !

Eunice repartit vers le fond de la salle, son billet au creux de sa main.

Elle regardait à ses pieds, penaude, et ne leva les yeux qu'à la dernière minute — pour découvrir avec horreur que Gary Weber avait pris sa place. Il n'avait même pas prêté attention aux livres empilés là, ni au sac accroché au dossier de la chaise ! Sans un mot, Eunice reprit ses affaires et décrocha son sac. Gary lui jeta un regard vide et ne proposa pas de lui rendre sa place. Encore heureux, elle avait déjà pris le livre glissé là par Camarade Cosmique, et placé un autre livre en échange.

Elle s'installa à la table voisine. Il y avait plus de monde que d'habitude, et plus de bruit aussi. Derrière elle, des grands de sixième* chahutaient sans se gêner. Ils jouaient du tam-tam avec leurs crayons et les gommes volaient bas.

Trois fois Mme Page fit claquer sa règle contre son bureau en manière d'avertissement. Comme le chahut ne faiblissait pas, elle se leva soudain et marcha droit vers le fond de la salle.

— Vous arrêtez immédiatement ou je vous mets tous à la porte.

Le silence fut instantané. Mais une minute ne s'était pas écoulée qu'un petit avion de papier, lancé par un grand brun au nez retroussé, fila en direction de Gary. Il rebondit sur son crâne et vint atterrir à ses pieds, sous la table.

Eunice eut un petit choc en voyant Gary se pencher pour repêcher le projectile. Avait-elle assez enfoncé entre plateau et rallonge le livre destiné à Camarade Cosmique ?

* Dernière année d'école primaire aux Etats-Unis, elle correspond à la classe de 6e de collège en France.

Hélas ! Déjà Gary s'écriait :

— Tiens ? Qu'est-ce que c'est que ça ?

Puis il lança bien haut, à l'intention de toute la salle sans doute :

— Dites ! Regardez ce que j'ai trouvé !

Il se redressa. A bout de bras, tel le vainqueur d'une compétition exhibant un trophée, il brandissait *Mutinerie intergalactique*. Le sang d'Eunice se glaça. Le message ! Le message allait tomber !

— Gary Weber ! aboya Mme Page en revenant vers lui. Si tu continues, je te mets à la porte !

Sale journée, décidément. Un autre jour, sans doute, Gary n'aurait pas fait un tel cirque. Un autre jour, Mme Page n'aurait pas fondu sur lui comme un chien enragé.

Gary se fit tout petit.

— Je disais seulement que j'avais trouvé ce livre coincé sous la table, marmotta-t-il. Regardez, là : dans cette fente. Vous voyez ?

Mme Page se courba pour inspecter la cachette. Puis elle passa son doigt sur le livre, comme pour en expertiser la couche de poussière.

— Alors celle-là, dit-elle, elle est un peu raide ! CACHER un livre ! Dans une bibliothèque publique ! Qui a bien pu avoir une idée pareille ?

Elle toisait Gary d'un œil soupçonneux.

— C'est pas moi ! protesta Gary et, pris d'une inspiration, il se tourna vers Eunice. Demandez-le plutôt à ELLE ! C'est elle qui était assise là, tout à l'heure.

On aurait entendu une mouche faire sa toilette. Le cœur d'Eunice avait cessé de battre une seconde, à l'instant où Gary avait découvert le livre, mais à présent il tambourinait sous ses côtes, si fort que tout le monde l'entendait, à coup sûr. Oh ! si seulement elle avait pu se cacher sous une table, entre le plateau et l'allonge !

— Remettez-vous au travail, vous autres, et que je ne vous entende pas ! ordonna Mme Page à la salle entière.

Puis elle gagna la table d'Eunice et dit à mi-voix :

— Eunice Burton. Etais-tu au courant, pour ce livre ?

— Je ne suis pas restée assise là longtemps, murmura Eunice.

55

Et c'était la vérité — quoique pas *toute* la vérité.

Mme Page l'observait d'un regard d'aigle. Devinait-elle qu'Eunice mentait — ou presque ? Puis elle baissa les yeux sur le livre et s'écria, toujours à mi-voix :

— Mais... C'est celui qu'on m'a réclamé pas plus tard que l'autre jour !

A nouveau, elle éleva le ton :

— Je trouverai qui a fait ça, je vous le garantis.

Là-dessus, balayant la salle d'un regard furibond, elle regagna son bureau d'un pas de légionnaire romain.

Eunice eut un frisson. Oh, pourvu que Mme Page ne trouve pas le message ! implorait-elle tout bas. Si seulement il pouvait tomber sans qu'elle le vît, directement dans la corbeille à papier ! Mais les chances semblaient minces : Mme Page tenait ce livre à deux mains comme s'il risquait de s'envoler.

— Au nom de la loi, Bouquin, je vous arrête ! chuchota Gary à la cantonade lorsqu'elle fut à l'autre bout de la salle.

Tout le monde rit — sauf Eunice.

Pour ce que c'est drôle ! songeait-elle, le cœur gros, en s'efforçant de rendre son attention à ses exercices de grammaire. Mais chaque fois qu'elle revoyait ce qui venait d'arriver, elle cassait sa mine de crayon.

Qu'allait faire Mme Page si elle découvrait le message ? Piquer une colère noire ? Faire l'impossible pour retrouver le coupable ? Eunice essayait de se rappeler ce qu'elle avait écrit au juste. Elle ne se souvenait plus très bien — quelque chose au sujet du capitaine Robodek, lui semblait-il. Rien de plus. Elle n'avait pas signé de son nom, encore une chance. Et elle avait un peu changé son écriture, quelle bonne idée !

Une autre pensée lui vint : et si Mme Page lisait le message à voix haute, DEVANT TOUT LE MONDE ?

Crac ! sa mine de crayon était encore cassée.

Mais le pire était que c'en était fini de correspondre avec Camarade Cosmique. Plus question de glisser des livres dans la cachette sous la table. Et maintenant, comment découvrir qui était Camarade Cosmique ? Eunice avait perdu tout espoir.

Il était presque l'heure de partir lorsqu'une idée germa dans sa tête. L'idée d'une dernière tentative. C'était prendre un gros risque, mais elle n'avait pas le choix. Elle allait laisser un petit mot dans la cachette sous la table, en espérant que Mme Page n'irait pas le dénicher là. Après tout, rien ne prouvait que Camarade Cosmique était ici aujourd'hui ; dans ce cas, une mise en garde s'imposait.

Eunice prit une feuille de papier et suça son crayon tout en pesant ses mots.

Camarade Cosmique, l'heure est grave. Plus question de glisser des livres ici : Tu-sais-qui a découvert le truc. S'il te plaît, dis-moi qui tu es. Je ne peux pas te donner mon nom pour le cas où Tu-sais-qui intercepterait ce message. Viens à la bibliothèque jeudi, avec quelque chose de rouge sur toi, et j'en ferai autant.

A jeudi !

Complice Galactique

Elle avait hésité un moment avant de se décider pour ce « quelque chose de rouge ». Mais elle n'avait vraiment rien trouvé de mieux.

Jeudi, c'était après-demain. En principe, Camarade Cosmique aurait le temps de trouver le message.

Le risque était énorme, malgré tout : si Mme Page trouvait le message, elle aurait tôt fait de repérer Eunice dans son anorak rouge. (Ou plutôt, dans l'anorak rouge d'Alma qu'Eunice comptait emprunter.) Mais dans la vie, c'était bien connu, il fallait savoir prendre des risques.

Eunice attendit de voir la bibliothèque presque déserte, puis elle retourna tout doucement s'asseoir à sa place habituelle. (Gary Weber était parti depuis longtemps.)

Là, en catimini, elle glissa le feuillet de papier — plié serré, serré, pour le rendre bien épais — entre le plateau de la table et l'allonge.

Puis elle sortit de la salle, en passant devant le bureau avec plus d'agilité qu'une crevette.

10

Surprise cosmique

La journée du jeudi parut interminable.

Enfin la cloche sonna, enfin le bus apparut, enfin il s'immobilisa devant la bibliothèque.

Vite, Eunice se coula dans la salle et, postée non loin de la porte, dans le gros anorak rouge d'Alma, elle se mit en devoir de surveiller les entrées.

Toute la journée, à l'école, elle avait repéré des élèves avec du rouge — pantalons rouges, pulls rouges, sacs rouges. Où donc étaient-ils passés ?

Mais peut-être que Camarade Cosmique allait enfiler quelque chose de rouge après coup, une fois à sa place ?

Eunice elle-même y avait songé, plutôt que de s'affubler de ce vieil anorak trop chaud, trop épais, trop voyant. Elle avait même pensé un instant porter seulement sa broche rouge en forme de soucoupe volante. Avoir du rouge sur soi ne signifiait pas forcément être vêtu de rouge de la tête aux pieds.

Elle se concentra sur les accessoires — rubans, ceintures, chaussettes, chaussures...

Hé ! mais Walter Kenney portait des socquettes rouges ! Pourquoi diable l'avait-elle rayé de sa liste ?

Vite, elle gagna la table où il venait de s'asseoir. Il n'y avait pas une seule chaise libre, elle resta donc debout, plantée comme un piquet.

— Salut, Walter ! dit-elle en jouant avec la fermeture à glissière de son anorak.

Walter leva les yeux et lui adressa un signe de tête, mais pas du tout du style Ah-c'est-donc-toi-Complice-Galactique. Eunice se sentit bête et resta clouée là un instant, à jouer machinalement avec sa fermeture à glissière. Walter s'était replongé dans sa lecture, mais tous les autres avaient levé le nez.

— Désolé, c'est complet ! annonça Eddie, narquois. La prochaine fois, faudra réserver, ma p'tite dame !

Eunice le laissa pouffer de sa propre plaisanterie et chercha une place ailleurs, les joues plus rouges que son anorak.

Sa place habituelle était libre. Elle alla s'y installer, sortit ses livres et ses cahiers. La prochaine fois, elle serait plus prudente. Elle ne bondirait pas, comme une vulgaire grenouille, à la plus petite tache rouge. Rachel lui avait dit qu'on attrapait les grenouilles avec un chiffon rouge.

A cet instant, du coin de l'œil, elle aperçut du rouge en mouvement. Janie Hines venait d'entrer, une écharpe rouge autour du cou.

Janie Hines ? Comment n'y avait-elle pas songé plus tôt ? Janie était l'amie de Rachel. Rachel pouvait très bien lui avoir donné, comme à Eunice, le goût du cosmos et des aventures spatiales.

D'ailleurs, à la réflexion, Janie était la Camarade Cosmique idéale. Toujours prête à rire, toujours de bonne humeur, elle habitait à deux rues de chez Eunice.

Le cœur battant, Eunice se leva pour attirer son attention.

C'est alors que Janie, d'une main décidée, retira l'écharpe de son cou et la fourra en boule dans sa poche.

Hum ! Jamais Camarade Cosmique n'aurait fait cela. Pas sans s'assurer d'abord d'avoir été repérée. Or Janie n'avait même pas jeté un regard en direction d'Eunice.

Eunice fit semblant de s'être levée pour s'étirer, puis elle se rassit, humiliée. La déception était cruelle. Dans le rôle de Camarade Cosmique, Janie aurait été parfaite.

Et pour comble de misère, elle avait beau chercher des yeux, il n'y avait plus de rouge nulle part, sauf sur le dossier de sa chaise. Elle commençait à perdre espoir. Peut-être son message n'avait-il pas été trouvé ? A tâtons, elle vérifia s'il était toujours là. Il n'y était plus, mais qu'en déduire ?

Puisque personne ne portait de rouge, c'était le signe que Mme Page avait intercepté le message. Et maintenant, grâce à l'anorak rouge, elle avait repéré Eunice et elle attendait son heure.

Lorsque Eunice passerait au bureau pour faire enregistrer ses livres, Mme Page pointerait sur elle un doigt osseux et lui dirait :

— Je le savais, Eunice Burton, que c'était toi la coupable !

Par prudence, aujourd'hui, elle n'emprunterait rien.

Tous ses espoirs déçus, le temps lui parut long. Aussi long qu'en classe, aux pires heures de grammaire ou de géographie.

Elle surveillait la porte, mais plus personne n'entra. Pas plus en rouge qu'en rose avec des fleurettes jaunes. Seul Stanley apporta un peu d'animation en renversant — sans le faire exprès — la petite exposition de livres

et d'objets sur Halloween. Marcie et Mary Louise l'aidèrent à tout ramasser. Mme Page se précipita sur les lieux du désastre et les gronda tous trois. Eunice fut bien contente de n'être pas allée les aider.

L'heure de la fermeture approchait. Tout le monde était parti, ou presque, sauf Eunice qui n'osait plus passer devant le bureau redouté.

Mais un bruit de pas décidé lui fit relever la tête. Mme Page ! Elle approchait ; elle s'éclaircit la gorge.

— Vous feriez bien de vous dépêcher, vous deux, si vous voulez retirer des livres, annonça-t-elle d'une voix forte. Surtout vous, qui en empruntez toujours quatre ou cinq à la fois. Ah ! vous faites bien la paire, toutes les deux !

Toutes les deux ?

Eunice tourna la tête. Il ne restait plus qu'elle... et Mary Louise.

— A propos, Mary Louise, poursuivait Mme Page. Le voici, le livre que tu réclamais l'autre jour. Rien d'étonnant que tu ne l'aies pas trouvé : quelqu'un l'avait CACHÉ.

Ce disant, Mme Page foudroyait Eunice du regard. Elle tendit à Mary Louise *Mutinerie dans la galaxie* et regagna son bureau d'un pas martial.

Eunice ouvrait des yeux ronds. Mary Louise ?

Muette et les yeux baissés, Mary Louise empilait ses livres.

Enfin Eunice marmotta :

— C'est... C'est toi, Camarade Cosmique ?

Oh ! non. Par pitié, non. A toute allure, elle repassait dans sa tête le peu qu'elle savait de Mary Louise. Oui, Mary Louise était dans sa classe. Oui, elle venait presque tous les jours à la bibliothèque. Mais comment voir en elle une Camarade Cosmique ? Eunice avait tant espéré quelqu'un de plus... de plus attirant ! Quelqu'un comme Janie Hines. Mary Louise, c'était bien simple : on ne la remarquait même pas.

Pour un peu, Eunice aurait mieux aimé ne pas savoir.

Le nez obstinément baissé, Mary Louise murmura :

— J'ai trouvé ton petit mot. Celui où tu disais qu'il ne fallait plus cacher de livres sous la table.

— Mais tu n'as rien de rouge sur toi, protesta Eunice.

Non, il devait y avoir une erreur. Camarade Cosmique ne pouvait PAS être Mary Louise Burke.

Alors Mary Louise remonta sa manche pour faire voir sa montre à Eunice. Le bracelet était rouge vif, ainsi que les chiffres et les aiguilles. Une coccinelle ornait le cadran.

Eunice ne souffla mot.

— Je sais bien, dit Mary Louise, c'est

tout petit. Mais je n'avais vraiment rien d'autre. (Elle contemplait ses pieds.) Je voulais te la montrer à l'école aujourd'hui, mais...

— Autrement dit, tu savais déjà que c'était moi Complice Galactique, l'accusa Eunice.

— Oui, je le savais depuis ton exposé sur *Panique à bord de la navette spatiale.* C'est le premier livre dans lequel j'avais laissé un message.

— Et toi, voulut savoir Eunice. Il était sur quoi, ton exposé ?

— *Perdus sur l'astéroïde.*

— Aucun souvenir... commença Eunice.

Puis elle se rappela : le jour où Mary Louise avait présenté son exposé, elle était à la maison avec la grippe.

Ses yeux tombèrent sur le protège-cahier de Mary Louise et l'étiquette à son nom. Elle triompha :

— Mais l'écriture sur les messages, on ne dirait pas du tout la tienne. Comment ça se fait ?

— Oh ! j'ai fait des quantités d'essais, ces temps-ci. J'aimerais écrire comme Eddie. Je ne sais pas si tu as remarqué comment il écrit ?

— Si, reconnut Eunice à regret.

— Je la trouve très chouette, son écriture. Je ne sais pas comment dire... Elégante. Tu ne trouves pas ?

Eunice fit oui sans mot dire.

Il y eut un instant de silence.

— Mais qu'est-ce qui t'a donné l'idée de ces messages ? songea Eunice tout à coup.

— C'est à cause de *Pioneer 10.*

— Ah ? Je ne l'ai pas lu, celui-là. Et qu'est-ce que ça raconte ?

— Ce n'est pas un livre, c'est un vaisseau spatial. Un vrai. Avec un message en provenance de la Terre. Comme ça, peut-être que quelqu'un — quelqu'un d'un autre système solaire — saura un jour que la Terre existe et qu'elle est habitée. J'aime bien cette idée. C'est comme une bouteille à la mer.

Mary Louise avait relevé la tête, elle regardait Eunice droit dans les yeux. Jamais Eunice ne l'avait entendue en dire aussi long d'un seul trait.

— Je le sais, reprit Mary Louise, parce que Sonia me l'a dit. Une amie à moi. Elle est en sixième. Elle sait des tas de choses sur l'astronomie, l'espace et tout le reste.

Eunice eut un pincement d'envie.

— Tu as bien de la chance d'avoir une amie comme ça.

— Sauf que je ne la vois plus jamais, dit Mary Louise d'une toute petite voix. C'était où j'habitais avant. Avant qu'on vienne ici. On était tout le temps ensemble, Sonia et moi. Je crois que c'est pour ça que j'ai eu l'idée de glisser des messages. J'espérais trouver quelqu'un qui aimerait les mêmes choses que moi.

— Mais pourquoi tu n'es pas venue me dire que c'était toi ? éclata Eunice.

— Parce que... je pensais qu'un secret, ce serait plus amusant. Ensuite... Ensuite, quand j'ai vu que c'était toi qui avais reçu mes messages, j'ai eu l'impression que tu ne serais pas trop contente de savoir qu'ils venaient de moi.

Eunice réprima une grimace. C'était un peu trop près de la vérité.

— Mesdemoiselles !

Les lumières clignotèrent deux fois, très vite. C'était Mme Page qui les rappelait à l'ordre. Elles empoignèrent leurs affaires et gagnèrent le bureau en hâte.

CHUT!

Mme Page les attendait — en manteau, battant la semelle.

— Je devrais déjà avoir fermé ! (Elle prit les livres que lui tendait Mary Louise et griffonna sur son registre.) Combien de fois faudra-t-il que je le rappelle ? On est prié d'apporter les livres à enregistrer un quart d'heure avant la fermeture. Mais avec vous deux, c'est comme si je chantais !

Leurs livres enregistrés, elle mit les deux filles à la porte.

Elles restèrent un moment sur les marches, à discuter encore.

— J'aurais dû rentrer plus tôt, dit Mary Louise. Je voulais finir mon déguisement, ce soir.

Eunice se souvint de ce qu'avait dit Marcie :

— Ton costume de princesse ?

— De princesse, moi ? Tu veux rire. Mon costume de comète. J'ai encore des sequins à coller sur la queue.

— Une comète ? Wouah !

Voilà qui ressemblait davantage à une Camarade Cosmique, une vraie.

— Moi, j'essaie de me déguiser en soucoupe volante, dit Eunice. Mais ce n'est pas facile. Est-ce que... tu voudrais bien m'aider ?

— Bien sûr. On a encore trois jours.

Eunice se sentait le cœur tout joyeux, soudain. Léger comme une bulle de savon.

— Tu as déjà fait une carte du ciel ?

demanda-t-elle. Tu sais, avec les constellations et tout ?

— J'en ai commencé une l'été dernier, dit Mary Louise. C'est dur.

Derrière elle, Mme Page fermait la porte d'entrée.

— Dites-moi ! fit-elle remarquer en passant devant elles. Vous ne croyez pas qu'il serait grand temps de rentrer chez vous ?

Lorsqu'elle eut disparu au coin de la rue, Eunice prit Mary Louise à témoin.

— Elle ne te rappelle pas quelqu'un ?

— Qui, Mme Page ? (Mary Louise réfléchit une seconde.) La vieille Zyvitch de Mars ?

— Exactement, s'écria Eunice.

Et elle se retint de sauter de joie.

Il fallait être Camarade Cosmique pour répondre à pareille question.

Table

l'Atelier du Père Castor présente

la collection Castor Poche

La collection Castor Poche vous propose :

- des textes écrits avec passion par des auteurs du monde entier,
  par des écrivains qui aiment la vie,
  qui défendent et respectent les différences ;
- des textes où la complicité et la connivence entre l'auteur et vous se nouent et se développent au fil des pages ;
- des récits qui vous concernent parce qu'ils mettent en scène des enfants et des adultes dans leurs rapports avec le monde qui les entoure ;
- des histoires sincères où, comme dans la réalité, les moments dramatiques côtoient les moments de joie ;
- une variété de ton et de style où l'humour, la gravité, la fantaisie, l'émotion, la poésie se passent le relais ;
- des illustrations soignées, dessinées par des artistes d'aujourd'hui ;
- des livres qui touchent les lecteurs à différents âges et aussi les adultes.

Un texte au dos de chaque couverture vous présente les héros, leur âge, les thèmes abordés dans le récit. Vous pourrez ainsi choisir votre livre selon vos interrogations et vos curiosités du moment.

Au début de chaque ouvrage, l'auteur,
le traducteur, l'illustrateur sont présentés.
Ils vous invitent à communiquer,
à correspondre avec eux.

CASTOR POCHE
Atelier du Père Castor
4, rue Casimir-Delavigne
75006 PARIS

277 **La clairière** (senior)
par Alan Arkin

Bubber le lemming et ses amis, les animaux de la forêt, se posent des questions bien compliquées pour eux. Couguar, obéissant aux mystérieux ordres de l'ours, déclenche une suite d'événements qui conduit les animaux à une remise en cause de tout ce qui, jusqu'ici, avait paru si simple.

278 **Merci, Barnabé !**
par Christine Arbogast

Lorsque Jonathan décide d'abandonner ses études pour ouvrir un restaurant réservé aux enfants, Barnabé, son jeune frère, est enthousiasmé et n'a qu'un désir : participer, lui aussi, à cette entreprise passionnante! Mais tout ne se déroule pas aussi facilement que prévu...

279 **Le fennec et le Paris-Dakar**
par Jean-Pierre Espéret

Laklak la cigogne revient du Sud avec une triste nouvelle. Srir le fennec a été kidnappé et vendu à des étrangers du rallye Paris-Dakar. Taleb le renard n'hésite pas un instant : il lui faut sauver son cousin. Il entraîne Dib le chacal dans une aventure où ce dernier fera souvent les frais des idées saugrenues de son compère. Jusqu'où l'amitié les mènera-t-elle ?

280 **Prête-moi ta plume**
par les ambassadeurs de l'amitié

Des jeunes de sept à quinze ans disent ce qui leur tient à cœur. A travers ces quarante témoignages aux accents authentiques, parfois drôles, souvent pathétiques, toujours émouvants, se dégage un message d'amour et de respect.

281 Jessie la parfaite
par Andrea Balis et Robert Reiser

A dix ans, Jessie en a assez de se faire traiter de petite fille modèle et de chouchoute de la maîtresse. Alors, Jessie s'accorde de menus écarts de conduite. Rien de bien grave pour commencer, mais de petit mensonge en mensonge éhonté, elle va se retrouver aux prises avec des ennuis plus gros qu'elle.

282 La Griffe de l'enfer
par Roger Judenne

Le clan des Lunes vit dans le pays froid du Nord. Le clan des Soleils vit dans le pays du Sud. Depuis toujours, les deux clans franchissent la Griffe de l'enfer, formidable barrière naturelle qui sépare le pays du Nord de celui du Sud. Les uns et les autres rêvent de vivre en paix, mais ils ne savent faire que la guerre.

283 Tempête au bord du Nil
par Luce Fillol

A la mort de ses parents, Kamil a dû quitter le Caire pour Louxor sans revoir sa sœur aînée. Il a été confié à un riche propriétaire terrien des bords du Nil. Kamil doit travailler dur et les coups de bâton pleuvent souvent. Quatre ans se passent. Un jour, pour échapper au fanatisme religieux de son maître et de ses amis, Kamil se sauve et se retrouve aux portes du désert...

284 Carnets de bord
par les enfants de la Baleine Blanche

Huit garçons et filles de onze à seize ans qui ne se connaissaient pas se sont embarqués pour un an sur les deux voiliers de l'association de la Baleine Blanche. Ensemble ils traversent deux fois l'Atlantique. Aventures, tempêtes, calmes plats, amitiés et brouilles, joies et peines, remplissent leurs journaux de bord.

285 **Le cercle de pierres (senior)**
par Nancy Bond

Un été, sur un chantier archéologique... Même si Pennie, à quatorze ans, est trop jeune encore pour prendre part aux fouilles, ce pourrait être des vacances de rêve. Or, non seulement l'ambiance est tendue dans cette famille où, à la suite d'un remariage, chacun doit s'adapter, mais encore, sur le chantier, les incidents se multiplient. Malveillance? Accidents ?

286 **Stève et le chien Sorcier**
par Anne Pierjean

Au cours d'une partie de pêche au bord de la Drôme, Stève et son inséparable ami Pat rencontrent Carême le clochard qui vit avec son chien, Sorcier. Le vieil homme prétend posséder un trésor dont il serait le seul, avec son chien, à connaître la cachette. Quelques jours plus tard, Carême est victime d'une agression...

287 **Dix-neuf fables d'oiseaux**
par Jean Muzi

Ces fables, empruntées à la littérature populaire d'Europe, d'Asie et du Moyen-Orient, montrent des oiseaux moins écervelés qu'on le dit et qui savent aussi jouer de malice pour ridiculiser des animaux bien plus impressionnants qu'eux...

288 **L'apprenti amoureux**
par Marie-Christine Helgerson

Lyon, 1542. Anne est l'aînée de la famille. Son père imprimeur a deux apprentis, Nicolas et Gilles, qui ont quinze ans. Gilles et Anne sont amoureux. Mais une simple parole de la célèbre poétesse Louise Labé suffit à semer le trouble dans le cœur de Gilles... A ses yeux, Anne n'est plus qu'une petite fille...

289 **Touchons du bois** **(senior)**
par Renée Roth-Hano

Les Allemands occupent l'Alsace. La famille Roth va chercher refuge à Paris. Devant la montée du nazisme, les parents décident de mettre leurs trois filles dans une institution catholique en Normandie. Renée, neuf ans à l'été 1940, raconte au jour le jour sa vie et celle de ses jeunes sœurs durant ces quatre années de guerre.

290 **La ballade des Lackawanna**
par Chester Aaron

1931, aux États-Unis. Pendant la grande crise économique, Willy, quinze ans, se retrouve à la rue. Avec Carl, Slezak, Norman, Deirdre et son frère Herbie, Willy forme une famille. Ils se surnomment les Lackawanna. Mais Herbie, neuf ans, disparaît, les Lackawanna partent à sa recherche en s'embarquant clandestinement dans les trains de marchandises...

291 **Une chèvre pour Yaya**
par Nadia Wheathy

Même si l'Australie se trouve très loin de la Grèce, Mareka serait tout à fait heureuse d'y vivre. Mais sa grand-mère, sa Yaya, se sent perdue et malheureuse. Elle regrette son village et sa chèvre Poppy. Mareka a une idée !

292 **Papa Longues-Jambes**
par Jean Webster

A dix-sept ans, Judy fait connaissance avec la vie universitaire grâce à la générosité d'un bienfaiteur anonyme. Mais Judy, qui est orpheline, devra lui rendre compte à travers ses lettres des événements marquants de sa vie nouvelle. Judie ne sait rien de cet homme."Papa Longues-Jambes", comme elle le surnomme dans sa correspondance à sens unique, répond... à sa manière.

293 **L'enfant du vent**
par Ashley Brian

Quatre récits, mi-contes, mi-fabliaux, issus de différentes cultures d'Afrique noire. A-t-on jamais vu un lion père d'une nichée d'autruchons ? Un gamin joue avec l'enfant du vent et découvre son secret. Le lièvre en a assez des jeux du chacal. L'enfant qu'on appelait le Nigaud devient astucieux en grandissant...

294 **Le libre galop des pottoks**
par Résie Pouyanne

Pampili rêve de voir les pottoks, ces mystérieux chevaux sauvages qu'il entend galoper dans la nuit. Un jour, avec son copain Manech, Pampili sauvera une jeune pouliche tombée dans une ravine. Et c'est le début d'une grande amitié entre le garçon et l'animal.

295 **Le jardin secret**
par Frances Hodgson Burnett

Seule survivante d'une épidémie de choléra dans un petit village des Indes, Mary arrive en Angleterre pour vivre chez son oncle dans un immense manoir isolé. L'oncle Archibald est un homme étrange et dans cette demeure emplie de mystères, Mary va de surprise en surprise...

296 **Pièce à conviction** (senior)
par Bernard Ashley

Hold-up manqué à Londres. Sam, le chauffeur de taxi qui avait pris les bandits en charge, découvre dans son véhicule un objet qui pourrait bien servir de pièce à conviction. Il l'empoche. Grâce à cet objet clé, Sam espère tenir la dragée haute à la mafia qui terrorise le quartier, et par là protéger les siens. Mais c'est sa petite-fille, Paula, qui va devoir du haut de ses quatorze ans faire face au plus gros de la tourmente.

297 Les fuyards de la nuit
par Vivien Alcock

Le cirque doit fermer. Les animaux sont vendus les uns après les autres. Charlie et Belle, les deux enfants de la troupe, apprennent que Tessie, la vieille éléphante qu'ils adorent, va être abattue. Charlie et Belle élaborent un plan pour tenter de sauver l'animal...

298 Des ennuis, Julien ?
par Anne Pierjean

Julien part en convalescence à la montagne chez sa sœur Brigitte, jeune institutrice. Il fait la connaissance d'une petite bande. Mais dès leur première rencontre, Mathieu le chef du clan et Julien se heurtent. La disparition mystérieuse d'un vélo, une bagarre, il n'en faut pas plus pour qu'éclate le drame.

299 Le coupeur de mots
par Hans-Joachim Schädlich

Sur le chemin de l'école, Paul rencontre un étrange personnage qui lui propose de faire ses devoirs à sa place. En contrepartie, ce colporteur diabolique lui demande de lui céder tous ses articles définis, puis ses prépositions et ses formes verbales... Paul accepte le marché mais désormais, il parle une langue appauvrie et va devoir faire face à des malentendus cocasses ...

300 La fièvre du mercredi
par Claude-Rose et Lucien-Guy Touati

Vincent et Nicole n'en peuvent plus. Leur emploi du temps du mercredi, prétendument jour de repos, est un vrai marathon... Comment faire comprendre aux parents qu'ils aimeraient un peu respirer le mercredi ?

301 **La croisade des grenouilles** **(senior)**
par Stephen Tchudi

Depuis des années, David Morgan, seize ans, élève des têtards prélevés dans le marais pour les observer avant de les rendre à leur eau natale. Mais, ce printemps-là, David apprend la construction prochaine d'un grand centre commercial après assèchement des lieux ! Avec son ami Mike, David lance une enquête et tente d'enrayer le projet...

302 **Rue Planquette**
par Sandrine Pernush

Elsa maudit Paris, la touffeur du mois d'août, cette rue Planquette où, désormais, elle devra habiter."On" l'a forcée à déménager,"on" l'a arrachée à Bordeaux, à sa meilleure amie. Elsa refuse de commencer une nouvelle vie. Pourtant, un après-midi d'orage, elle aperçoit un garçon sous un parapluie rouge...

303 **Nouvelles d'aujourd'hui** **(senior)**
par Marcello Argilli

Un éventail d'histoires courtes, à la fois cocasses, inquiétantes et tendres. La télévision, l'école, les robots, la magie des mots, les contes, le temps, le pouvoir de l'imagination... Autant de thèmes, traités avec humour et un sens critique décapant, qui laissent à penser, à réfléchir.

304 **Millie et la petite clé**
par Anne-Marie Chapouton

Millie vient d'arriver chez sa grand-mère. Elle va sûrement y vivre des aventures extraordinaires, comme à chaque fois. Quand elle trouve une petite clé dorée, elle a tôt fait de découvrir la porte nichée sous le lierre. Et la voilà dans un immense jardin enchanté. Au détour des sentiers, le long du chemin creux, Millie va aller de frayeurs en surprises...

305 **L'enquête. Les enfants Tillerman (senior)**
par Cynthia Voigt

A seize ans, James est mal dans sa peau. Toujours brillant en classe, il reste un solitaire qui se lie difficilement. Il voudrait en savoir plus sur ce père qui a abandonné sa femme et ses quatre enfants. James tente d'entraîner son frère dans son enquête. Sammy se laisse prendre au jeu, qui bientôt n'en est plus un...

306 **Un cheval de prix**
par Mireille Mirej

Nathalie, onze ans, est passionnée de chevaux. Pourtant, elle n'a jamais eu l'occasion de monter à cheval. Un télégramme fait basculer son univers : on lui offre un cheval. Comment héberger un tel animal quand on habite une cité de la banlieue parisienne ? La partie n'est pas facile à gagner...

307 **José du Brésil (senior)**
par Aurélia Montel

Au début du siècle, au Brésil, la vie est rude pour les paysans du Ceara. Quand le jeune José découvre le vieil homme qui l'a recueilli, mortellement blessé, c'en est trop pour lui. José entame alors une longue marche vers la côte qui le conduit jusqu'en Amazonie. Cependant, l'adversité, sous l'inquiétant visage d'un aventurier redoutable, s'attache aux pas de José...

308 **Julie, mon amie gorille**
par Francine Gillet-Edom

Hier encore, Aubrée était à Bruxelles et la voilà pour un mois au Zaïre. Lors d'une promenade à cheval avec son cousin, elle découvre un bébé gorille blotti auprès de sa mère morte. Mais, Julie, comme l'a prénommée Aubrée, suscite la convoitise des trafiquants. Pourra-t-on la ramener dans le sanctuaire des derniers gorilles des montagnes?

309 La maison en danger
par Marilyn Sachs

La maison des Ours, Fran Ellen l'adore. C'est une maison de poupée. La maîtresse a dit que le soir des vacances elle la donnerait à l'élève le plus méritant. Fran Ellen sait bien que ce ne sera pas elle : elle suce encore son pouce-à dix ans !-et d'ailleurs personne ne l'aime. En plus, à la maison, la vraie, rien ne va. Avec une volonté farouche, Fran Ellen va tenter de faire face.

310 Laura et le mystère de la chambre rose
par Jacques Delval

Pour lui éviter de longs trajets quotidiens entre l'école et la maison, Laura va habiter chez une grand-tante. Et voici Laura emportée dans une aventure des plus étranges. Quel mystère cache la vieille demeure ? Pourquoi ces bruits inquiétants, ces chambres toujours fermées à clef ?

311 Prune
par Luce Fillol

Prune, dix ans, se laisse aller à la douceur de vivre dans un nid douillet. Un jour, inexplicablement, le nid se lézarde, se fend comme une coquille fragile. Prune brutalement "réveillée" se trouve mêlée aux problèmes de ses voisins. Elle va lutter pour le bonheur des autres en espérant la réconciliation de ses parents.

312 La terre de Yenn (senior)
par Jean Coué

Il y avait alors le Bréac'h du bas avec ses toits d'ardoises, sa mairie et son clocher piqué sur le mouvant du ciel. Et il y avait le Bréac'h du haut. C'était une autre vie, une autre terre, isolée dans la profondeur de ses pierres, de ses moissons tardives. Une vie dure que Yenn, l'enfant du Bréac'h du bas, décide d'affronter.

313 **La maison retrouvée**
par Marilyn Sachs
Maman est guérie, la famille à nouveau réunie... Tout sera bientôt parfait, même si la petite sœur adorée tarde à se laisser réapprivoiser, même si la maison des Ours a durement souffert de ces deux ans d'abandon forcé. Mais, rien n'est plus comme avant, Fran Ellen s'en aperçoit vite. Le plus dur sera de l'accepter, et d'accepter de grandir sans se laisser abattre.

314 **Le cannibale de Joséphine**
par Roger Judenne
Dans la chaleur d'une fin d'après-midi, Robert Deprémesnil rejoint sa fille. Le riche planteur est heureux de lui offrir l'un des esclaves qu'il vient d'acheter. Le petit homme aux yeux vifs intrigue tout de suite Joséphine. Son imagination va l'entraîner à échafauder les hypothèses les plus folles...

315 **Tu avais promis !**
par Kathy Kennedy Tapp
Passionnées par l'univers de Tarzan, Erin et son amie se sont aménagé un refuge secret. De cet endroit caché, Erin va faire une découverte qui la bouleverse...Que se passerait-il à la maison si sa mère apprenait la vérité ? Et ses projets de vacances ? Avec la joie de vivre de ses douze ans, Erin décide de se battre..

316 **Le défi d'Alexandra (senior)**
par Scott O'Dell
Les Papidimitrios sont pêcheurs d'éponges depuis des générations. Au cours d'une plongée au large des côtes de Floride, le père est victime d'un accident. Sous la conduite de son grand-père, Alexandra décide de reprendre le difficile métier. Mais tous les dangers ne résident pas dans les profondeurs marines...

317 **Une page se tourne (senior)**
par Jenny Davis
Edda, au seuil de l'âge adulte, se penche sur son enfance avec un regard lucide et tendre. La vie n'a pas toujours été facile pour son petit frère et elle. Leur mère a été durement marquée par la mort accidentelle de leur père, et le fait qu'elle soit tombée amoureuse de l'homme responsable de l'accident n'a pas simplifié les choses.

318 **Une grand-mère d'occasion**
par Christine Arbogast
Finie la salle de jeux ! Les parents de Nicolas ont décidé d'y accueillir une pensionnaire. Et quelle pensionnaire ! La présence de Mme Ushuari va transformer bien des choses à la maison et dans la vie de Nicolas. Il faut dire qu'elle n'est pas une grand-mère comme les autres !

319 **Blaireaux, grives et compagnie**
par Molly Burkett
Chez la famille Burkett, les animaux ne font que passer, le temps de se refaire une santé avant de retrouver la liberté. Mais, que le séjour soit bref ou long, de la couleuvre au hérisson, chacun fait preuve d'imagination !

320 **Vie et mort d'un cochon (senior)**
par Robert-Newton Peck
Quand Robert trouve la vache du voisin en train de s'étouffer et le veau qui n'arrive pas à naître, il réussit à les tirer d'affaire comme un homme. En récompense, il recevra un cochon qui sera sa grande richesse. Mais, dans une ferme si pauvre, peut-on garder une bête seulement pour le plaisir?

321 **L'enfant multiple (senior)**
par Andrée Chedid
Marqué par la violence et la mort, Omar-Jo découvre Paris. Il rencontre Maxime le forain, qui laisse son manège à l'abandon. Et dans la nuit, les lumières s'allument, la musique éclate, la fête commence. L'enfant du malheur devient le messager de la joie.

322 **Sauvé par les éléphants**
par Hilary Ruben
Au cœur du Kenya, un jeune berger masaïs se fait attaquer et voler une partie du troupeau. Son cousin assiste à la scène sans intervenir. Abandonnant Konyek blessé, il rentre au village pour raconter une version tout à son avantage. Konyek arrivera-t-il à retrouver son bien et la confiance des siens ?

323 **Drôle de Noël !**
par Wolf Spillner
La grand-mère de Hans a pour seule compagnie un pigeon. L'animal vit dans sa cuisine, ce que sa belle-fille ne peut supporter. Le jour de Noël, il voit sa mère le pigeon mort à la main. Elle prétend l'avoir tué sans le vouloir. Hans tente alors de comprendre les sentiments de chacune.

324 **La famille dispersée. Le Train des orphelins.**
par Joan Lowery Nixon
En 1860 à New York, une famille d'origine irlandaise est frappée par le malheur. La situation désespérée oblige Mme Kelly à envoyer ses six enfants avec le Train des orphelins. Là-bas, dans l'Ouest, ils sont adoptés par différentes familles. Frances, l'aînée, raconte comment ils affrontent les séparations et les aventures de leur nouvelle vie.

325 **Le Chasseur de Madrid**
par José Luis Olaizola

Juan Lebrijano et sa famille quittent leur village pour s'installer à Madrid. Bientôt, il perd son emploi. Au cours d'une promenade dans un parc avec son fils Silverin, Juan a l'idée de chasser les pigeons pour nourrir sa famille. C'est défendu par la loi, et Silverin va vivre bien des péripéties, il jouera même dans un film.

326 **Dégourdis à vos marques**
par Edouard Ouspenski, Els de Groen

Bien des obstacles séparent Youri, soviétique, de Rosalinde, une amie hollandaise. Un concours international d'enfants modèles leur fournira-t-il l'occasion attendue ? La sélection impitoyable des candidats et la présence de voleurs d'enfants se conjuguent pour offrir un récit plein de suspense et d'humour.

327 **La montagne aux secrets (Senior)**
par Grace Chetwin

Dernier-né de dix enfants, Gom grandit sur la montagne avec son père bûcheron. Les gens du bourg regardent de travers ce garçon qui ressemble trop à sa mère, une étrangère. Il a l'œil trop vif, la langue trop bien pendue, et il semble savoir bien des choses pour un enfant de la montagne.

328 **Petit-Jean d'Angoulême**
par Chantal Crétois

Au début du XIIe siècle, Gianbatista, le sculpteur italien, arrive à Angoulême après un long voyage à cheval depuis Toulouse. À l'entrée de la ville, un jeune garçon, Petit-Jean, se propose de le guider jusqu'au chantier de la cathédrale et de lui trouver un logement. Mais la profonde affection qui les unit bientôt suscite bien des conflits avec leur entourage.

329 **Un creux dans le mur**
par Anne-Marie Chapouton

Parce que son père n'est pas revenu de la guerre, une fillette refuse d'apprendre à lire. Recueillie à la mort de sa mère par son oncle et sa tante, elle n'a pas une vie facile. Un jour, un homme s'arrête à la ferme. Aïna est certaine qu'il s'agit du voleur de troupeaux dont on parle tant. Malgré sa méfiance, une étrange relation s'instaure entre eux...

330 **Les fantômes de Klontarf**
par Colin Thiele

Matt et Terry vont jouer dans la colline. Un orage éclate, Terry tombe et se casse la jambe ! Matt laisse Terry à l'abri d'une demeure abandonnée. Lorsque les secours arrivent, Terry, prétend avoir vu des fantômes... Malgré l'hostilité des propriétaires de la vieille ferme, Matt et ses amis n'abandonnent pas. Ils vont affronter le danger pour découvrir quels mystères cachent ces vieux murs...

331 **Très chers enfants (Senior)**
par Christine Nöstlinger

Ce recueil est celui des lettres qu'Emma, âgée de soixante-quinze ans, aurait aimé adresser à sa famille. Parfois ironique, toujours drôle, le ton est celui d'une grand-mère soucieuse du bonheur de son entourage... et du sien.

332 **Un bateau bien gagné**
par Lee Kingman

Alec rêve depuis toujours d'avoir son propre bateau. Il est sûr de gagner celui de la tombola de la fête de la Mer. Hélas ! Et la vieille dame qui a gagné le canot compte le mettre sur sa pelouse et le garnir de pétunias ! Alec ne peut laisser faire une telle horreur !

Titres parus :

- Les astéroïdes
- Les comètes ont-elles tué les dinosaures ?
- Fusées, satellites et sondes spatiales
- Guide pour observer le ciel
- La Lune
- Mars, notre mystérieuse voisine
- Notre système solaire
- Notre Voie lactée et les autres galaxies
- Pulsars, quasars et trous noirs
- Saturne et sa parure d'anneaux
- Le Soleil
- Uranus : la planète couchée
- La Terre : notre base de départ
- Y a-t-il de la vie sur les autres planètes ?
- Comment est né l'Univers ?
- Mercure : la planète rapide
- Les objets volants non identifiés
- Les astronomes d'autrefois
- Vie et mort des étoiles
- Jupiter : la géante tachetée

A paraître :

- Science-fiction et faits de science
- Les déchets cosmiques
- Pluton : une planète double
- La colonisation des planètes et des étoiles
- Comètes et météores
- La mythologie et l'Univers
- Vols spatiaux habités
- Neptune : la planète glacée
- Vénus : un mystère bien enveloppé
- Les programmes spatiaux dans le monde
- L'astronomie d'aujourd'hui
- Le génie astronomique

Demandez-les à votre libraire

Cet
ouvrage,
le trois cent
quarante-deuxième
de la collection
CASTOR POCHE,
a été achevé d'imprimer
sur les presses de l'imprimerie
Brodard et Taupin
à La Flèche
en septembre
1991

Dépôt légal : octobre 1991.
N° d'Édition : 16723. Imprimé en France.
ISBN : 2-08-162192-4
ISSN : 1147-3533
Loi n° 49-956 du 16 juillet 1949
sur les publications destinées à la jeunesse.